KB253409

저 겨울산 너머에는

국립중앙도서관 출판시도서목록(CIP)

저 겨울산 너머에는 / 표성배 지음. -- 서울 : 갈무리, 2004
  p. ;   cm. -- (마이노리티시선 ; 20)

ISBN 89-86114-66-6 04810 : \6000
ISBN 89-86114-26-7(세트)

811.6-KDC4
895.715-DDC21   CIP2004000754

저 겨울산 너머에는

표성배 시집

갈무리

차례

제1부

제1부

복사꽃이 피었다

복사꽃이 피었다
마음 들떠
콧노래 흥얼거려 본다

바람에 찢어진 깃발이
흥얼흥얼
꽃잎처럼 흩날리는
이 화창한 날에

질끈 동여맨 머리띠 위로
환한 햇살이
대책 없이 쏟아진다

토끼풀

한 무더기 토끼풀이 꽃을 피웠다
지난 해 그 자리,
하얀 꽃이 햇살에 눈부시다

공장에 첫 출근한 날
안전교육 받고
동료들 모여 커피 한 잔 마실 때
화단 모퉁이 토끼풀이
우릴 반겼다

누가 먼저랄 것도 없이
네 잎 토끼풀을 찾으며 즐거워했다

네 잎 토끼풀 찾아 들고
활짝 웃던 김 형이
떠난 지도 벌써 한 해가 지났다

일감이 줄고 부서가 통폐합되고

소주 한잔 나누지 못하고 떠났지단
올 여름에도 토끼풀은
제 자리 지키며
하얀 꽃을 피워냈다

햇살은 공장 지붕에만 머물고

일 시작종 소리에 맞춰
비둘기 떼들이
공장 지붕 위로 몸을 피하자
아침 햇살은
비둘기를 따라 올라갔다

비둘기들은
지붕 위에 앉아
쇠를 자르고 망치질하는
우릴,
무심하게 보고 있다

작업장을 휩쓴 감원 바람이
불안의 그림자를
한 아름 안아
머리 위에 떨구어 놓을 때마다
상기된 얼굴로
비지땀을 흘리지만

햇살은
공장 지붕에서
내려올 것 같지 않다

공장

누가 뭐래도
나는 공장을 잊을 수 없다

공장과 함께 키가 자랐고
공장과 함께 사랑도 익었다
남 모르는 그리움에
가슴 태울 때는
공장이 나를 위로해 주었고
밤새도록 벌건 눈으로 서 있는
가로등의 마음도
공장에서 엿볼 수 있었다
화단 모퉁이 늙은 감나무가
안쓰러워 보이는 것도
공장에서였다
초롱초롱한 별도
새벽녘이면
나처럼 힘들어한다는 것을
밤샘 일을 하면서 알았다

공장을
더욱 잊을 수 없는 까닭은
겉옷처럼 걸친
공장의 긴 그림자를
내가 밟고 있기 때문이다

이 한낮의 고요

우리들은 말없이
하늘을 보았다

티없이 맑은 하늘이
우리를 슬프게 하고
공장 뜰
키 작은 향나무 위로
사뿐사뿐 내려앉는 햇살이
밉기만 하다

망치소리 기계소리 멎은 지 오래
북소리 노래소리 처절한 몸부림도
고요한 절망에 묻혀 있는
한낮,

이 정적의 시간이
우리를 불안하게 한다

어쩌다 하루 월차 휴가를 내고
출근한 날
고요를 깨기가 무섭다는 듯
바쁜 개미들도 눈치를 보고
공장이 낯설어 보이는데
나비는 파르르 날개를 떤다
이 한낮의 숨 막히는 긴장

잠 올 것 같지 않는 밤

새벽잠이 많은 내가
새벽 유인물 배포작업 가기로 하고
들어온 날

장갑 모자 머리띠 마스크
빠진 것은 없는지
다시 챙기고
잠자리에 든다

눈 감으면
쉽게 올 새벽이지만
초등학교 소풍 전날처럼
정신 더욱 맑아지고
가슴은
더욱 뜨거워지고 만다

조금이라도 더 자려
눈감고 잠 청하지만

쉽게 올 것 같지 않고
되려 두 눈
말똥말똥한 것이
참 야단이다

창원대로를 달리다 보면

창원대로를 달리다 보면
쌩쌩 스쳐가는 차소리 대신
쿵쿵거리는
기계소리가 들린다

평생 막일에
굽은 등이 안쓰러운
아버지가 보이고

마산수출지역
고무신 공장에서
어느 날,
고무신처럼 천대받아 쫓겨난
누이 생각이 나고

함께 놀 친구가 없어
동생과 모래집을 짓다 허물었다 하는
내 아이들이 생각난다

창원대로를 달리다 보면
자동화 기계에 밀리고 밀려
어느 날,
수동 기계처럼
흔적도 없이 사라질 것 같은
내가 보인다

겨울 오후

　햇볕 잘 드는 공사장 담 밑 말라비틀어진 질경이 몇 포기 애처롭다.
　서로 눈짓하며 쪼그리고 앉아 담배 한 대 물고 햇볕에 눈부시다. 찡그린 얼굴 핏기 없는 사람들 잔뜩 겁먹고 웅크린 노란 병아리 같다.

　맞바람 치는 공사장. 삐익— 호각 소리에 짧은 겨울해가 후닥닥 달아난다.

은행나무

도로변 은행나무에 노을이 앉았다 사라지자 가로등이
일제히 눈을 뜬다

몸뚱이만 남은 은행나무는 통근버스에서 내려 넘어질
듯, 넘어질 듯 위태로운 모습으로 신호등 앞에 멈추어 선,
작업복 입은 한 사내 어깨를 살며시 받쳐준다

바람에 흔들릴 가지도 떨어질 잎도 없이 도시어 발을 딛
고 사는 나날은, 늘 누군가의 등에 기대어 하루하루를 버
텨 내는 것인지도 모른다

잘 왔다 싶다

길을 걷다 보면
툭툭 채이는 돌멩이쯤이야 있기 마련이지
지나는 바람이 유혹하고
파도에 마음 울렁울렁한 것이
한두 번 아니었지

간혹 하늘 모르고 치솟은 절벽이나
낭떠러지를 만나 고개 떨구고
아슬아슬 얼음판을 걸었지만
이 길 참 잘 왔다 싶다

생각해 보면
심한 바람에 허리 꺾인 나무들 보며
이게 아닌데 아닌데 하면서도
아침마다 미련하게 대문을 나섰어

뭐 크게 이룬 것이야 있나
떵떵거리며 사는 재주도 없으니

몸뚱이 굴려 배 채우고
가슴 맞대어 술잔 나눌 동지가 있고
아이들 가방 들게 했으니
이 길,
노동자의 길,
잘 왔다 싶다

나무가 흔들리는 것은

　공장 울을 따라 심어 놓은 나무들이 일제히 몸을 흔들었습니다
　사과나무는 여물지 않은 사과를 매단 채, 모과나무는 파란 모과를 드문드문 매단 채, 꼭 바람이 불어서만은 아니었습니다. 순간이나마 붙박여 살아온 서러움을 느꼈는지도 모릅니다

　기계가 서고, 공장 정문이 닫히고 나서야 통나무 같던 동료들도 땅을 쳤습니다

깃발

밤낮없이
쌕쌕거리며 돌아가던 공장에
비 내린다

　구조조정정리해고
　정규직비정규직

짐,
얼마나 무거우면
어깨 처진 채로
오늘
한 마디 말 없구나

연을 날리고 싶다

겨울 내내 우린, 연을 날리고 싶었다
적당한 긴장감
팽팽한 연줄에 하루하루 희망을 싣고 싶었다

도시 한복판 거대한 은행 건물 밑, 식은 신문이 한 무더기 쌓여진 자판대 위엔 종이컵이 쓰러져 있고, 문이 열리지 않은 가게 앞을 사내들이 서성이고 있다. (그 옆으론 한 소년이 연을 날리기 위해 안간힘을 쓰고) 건물 앞 도로엔 평소보다 빵빵 고함만 지르는 차들이 늘어나고, 은행 건물 이십 층 꼭대기에는 아직도 달이 반쯤 감긴 눈으로 졸고 있다
　(소년은 쉼 없이 연을 날리려 뛰고) 졸가리뿐인 도로변 은행나무는 어깨가 처진 채로 호주머니에 손을 찌르고 은행 건물을 보았다가, (소년을 보았다가) 우체국을 보았다가, 고개 숙였다가는 간간이 지나는 이들과 악수를 하기도 한다
　아직 가게문은 열리지 않고, 은행 건물 옆엔 서성이던 사내들이 붉은 머리띠를 매고 플래카드를 펼쳐 은행나무 사

이에 고정시키고 있다. (온 몸이 땀에 젖은 소년은 아직도
연을 날리려 뛰고 있다)

　은행나무 사이에 걸린 플래카드는 소년이 안타까운 듯
바람을 만들고, 머리띠를 동여맨 사내들이 서로 어깨를 건
다

　바람이 분다

이 길에서

창원공단이 한눈에 들어오는 정병산을 오르며 나는 무
엇을 보았는가? 상처투성이로 이글이글 몸부림치는 저 굴
뚝들, 공장 건물마다 화려하게 치장한 광고문구들, 잿빛
공단 길 보란 듯 일렬로 늘어선 가로수들

공장과 집,
시계추처럼 반복하다
문득 레일을 벗어나고픈
열차의 욕망을 엿보기라도 한 듯
얼마나 초라했던가

더 열심히 흘린 땀으로도
불안하여
온 몸이 딱딱히 굳어가고
오를 수도 내려 갈 수도 없는
이 길,

도시엔 사람이 없다

　남긴 술이 아까울 때가 있었다, 토론장의 열정이 고단한 몸뚱일 바로 잠들지 못하게 하던 어두운 시절. 이젠 설레는 밤이 없다

　도시는 캄캄하고 무뚝뚝하고 잿빛 콘크리트 벽과 무덤덤한 아침이 있을 뿐, 민들레 같은 사람이 없다

　입술이 파래지도록 내뱉은 말들이 별똥별 되어 떨어지는 밤, 도시의 거리는 지나는 사람도 없이 시끄럽기만 하다

제2부

저녁 햇살

벚나무 졸가리에 나부시 내려앉는 저 나비
공장 지붕 첨탑에 살포시 날개 걸치는 저녁 햇살
얼마나 고된 하루였으면
저리도 앉기 무섭게 눈 감고 마는가
선 채로 움직이지도 못하게
내 온몸 감싸 휘도는
저 날개의 무게.

날고 싶다

반짝이는 불빛이 햇살 같다

저 높은 곳에서
가죽장갑에 가죽앞치마를 두르고
안전모와 용접면을 쓴 채
영화 속 우주인처럼
곡예를 하듯 뛰어내린다면
자유로워질까

몸무게의 중압감을 이기기 위해
난간에다 몸뚱일 묶어 놓고
아내와 아이들 환한 얼굴을
밧줄에 매달아
갈라진 쇠를 녹여 붙인다

어지럽다
단단히 붙들어 맬수록
더 불안하다

얼마나 더 높이 올라
얼마나 더 꽉꽉 붙들어 매야
떨어지지 않을까
올라도 올라도 잡히질 않는
하늘이 하얗다

정우 형

파업 끝나고
몇 해 전 공장을 떠났던
정우 형이
돌아왔다

한솥밥 먹고
한 반에서 부대끼며
하루 일 끝나면 알몸이 되어
서로 쇳가루 먼지 씻어주던
정우 형

형은 돌아 왔지만
작업복이 다르다
탈의실이 다르다
샤워장이 다르다
주차장이 다르다
이름표가 다르다
근로조건이 다르다

형이 떠났던 그 때나
비정규직으로 돌아온 지금이나
매캐한 용접연기
쿵쾅거리는 망치소리
굉음을 토해내는 그라인드 소리로
공장 안은 온통 아우성인데

상표

주민등록증만이
나를,
증명해 주는 것은 아니다

나도 모르는 사이
언제부턴가
공장은
내 얼굴이 되어
나를 대신하고 있다

입혀주는 옷에 따라
누구는 정규직으로
누구는 비정규직으로
계급의 선을 명확히 그어주는
공장은
아내 눈에
눈물을 흘리게 할 수도
아이들 얼굴에

그늘을 지게 할 수도 있다

공장이라는 상표는
판사보다 더 명확하게
내가 누구인지를
증명해 준다

담

무슨 축제장 폭죽처럼
하늘을 수놓지는 않지만
오늘따라
용접불꽃 가우징불꽃이
대책 없이 아름답다

이런 날이면
희미하게 눈뜬 천장등이
한없이 외롭고
야적장 수은등에
밤새 눈부신 향나무가 애처롭고
쩌렁쩌렁 함마 소리에도
아랑곳없다는 듯 졸고 있는
정문경비 유씨 아재가 슬프다

달도 반쯤 자불고
별도 눈 비비고
겨울 바쁜 바람도

살짝 멈추어 곁눈질하는
야간 작업장

튕겨나가 부딪혀 깨어지는
망치 소리만이
저 견고한
담을 넘고 싶은 것이 아니다

첫 출근

처음이란
얼마나 두려운 설렘인가
낯선 땅 낯선 하늘 밑
첫발을 딛고
마음 한구석 쿵탁쿵탁 심장소리에
얼굴 근육이 딱딱히 굳었던
첫 출근

어느 날이었던가
설렘이 두려움으로 변한 아침
공장 정문을 들어설 때마다
단단히 버티고 선 현실 앞에
처절히 무너지는
내 나약함의 무참함이란

자신을 똑바로 세우기 위한
땅다지기를 하면 할수록
더욱 두꺼운 벽을 쌓는

보이지 않는 힘 앞에
맨몸으로 버티어 낸다는 것은
얼마나 큰 용기가 필요한가

돌아보면
내 처음 설렘은
철저하게 자신을 파괴하는
시작이었는지 모른다

겨울 공단

한 그루 회양목이
어찌 저리 한가로워 보일까
공장 울 밑에는
말라비틀어진 국화잎이
움츠리고 있다

왜 이런 날
찬바람은 그냥 있지 못하는지
자판기 커피잔 뽑아 들면
햇볕도 등에 기대어
스르르 어깨를 움츠린다

작업복은 달라도
같은 공장에서
같은 일을 하지만
정규직 노동자가 부러운 우리는
늘 주눅이 들어야 하나

구조조정의
무거운 시간 앞에 떨고 지내다
결국 회양목 우듬지처럼
잘려 나가고
그곳에도 찬바람이 스친다

불안한 마음들이
쓰고 버려진 잔재들과 뒤섞여
고철장 신세를 기다리는
더는 따뜻한 곳이 못되는
겨울 공단

공장이 낯설다

이력이 붙을 만도 한데
십 년 넘게 다닌 공장이
낯설다

일 년도 못 채우고 바뀌는
정문 경비 때문만은 아니다
어제는 마흔 살 정형이 실려 갔고
몇 달째 병원신세를 지는 동료도
여럿이다
이러다 언제 어떻게 될지 모르는 현장
부러지고 깨지고 실려 나간 것이
꼭 오늘만의 일은 아니다

정규직이 빠지면 용역으로 채워지고
반이 통폐합될 때마다
어김없이 반장이 사장으로
이름을 바꾸었다
갈수록 빡빡해지는 작업량에

서로 눈치 보며
동료들과 불화만 늘어간다

자가용에 밀려 텅 빈 통근버스에 앉아
공장에 들어설 때마다
자꾸 공장이 낯설다

선인장

단단히
뿌리내릴 수 있을까
허물어진 공장 축대 아래
웅크리고 있는
선인장 한 포기

지난겨울
눈 내리고 바람 불어도
기댈 곳 하나 없던 이곳에서
고향 하늘이
얼마나 그리웠을까
그리움이 쌓일 때마다
마음 다잡아
온 몸에 가시를 세워도
외로움은 떨칠 수 없었으리

무성하게 돋아나는
쇠뜨기들 속에서

단단히
뿌리내리지 못한 채
하루하루를 견뎌 내는 모습이
꼭, 나를 닮았다

이곳에선

정신없이 일하다가도
퍼뜩 정신이 들 때가 있다
이럴 땐 꼭,
씨발
해 놓고 본다
나도 모르게 버릇이 되었다

창문 너머 달이 떠도
바람이 다정하게
어깨를 쓰다듬으며 지나도
공장 화단에 감꽃이 만발해도
씨발
한다

물 설고 낯선
한국에까지
돈 벌러 와서는
남들 힘들다고 안 하는 일

더럽다고 안 하는 일
위험하다고 안 하는 일
도맡아 하는데도
경계의 눈길을 피할 수 없다

빨리빨리 뒤에
접미사처럼 따라 붙는 욕은
이제,
다정하게 들릴 정도다
씨발

겨울이 와도

사람의 마을에 해 진다

잎 큰 나무들
다투어 잎 떨구고

무성했던 억새들도
서걱서걱 아우성이다

떨구어낼 잎도
부산떨 마음도 없이

겨울이 와도
무심한 것이

무심하여
대책도 없는 것이

어찌 노숙자들뿐이랴

봄날에

노란 개나리 하얀 목련 잊지 않고 찾아 왔습니다. 언 땅
비집고 팔 흔드는 쑥이며 냉이 달래, 다들 눈 깜박이며 반
갑다 소리칩니다

다리 절룩이는 서씨, 왼손이 불편한 갑식이, 허리 다친
필수, 용접공 제관공 그라인드공 페인트공 할 것 없이 점
심시간 잔디밭에 몽탕몽탕 앉아 똥구녕 간지럽다고, 야단
입니다

볼트와 너트

　몇 번 잠그고 풀고 하는 사이, 머리가 뭉개지고 나사산
이 망가진 볼트와 너트. 새것으로 바꾸다 허리 다쳐 병원
에 누워 아이들 걱정하며 허탈해하던, 덕수 형 생각에 망
가진 것들 함부로 버리지 못한다.

퇴출시대

　무서워요. 곁에 있어줘요. 밀려오는 공포, 머리만 뜨거워지는 밤이 혼자서는 두려워요. 만날 수 없어 서로 그리움만 쌓여 더 큰 그리움으로 고통을 나누는 레일처럼, 오늘 밤 노동에 지쳐 쓰러진 당신 모습 외롭기만 합니다. 내 작고 얇은 가슴이 이불이 되지 못하는 밤, 몽탕몽탕 오그리고 옆으로 누워 아침을 꿈꾸는 아이들 머리맡에 부끄러움만 층층이 쌓입니다. 이런 밤이면 두렵습니다. 불을 끄기만 하면 달려드는 모기떼처럼 내 아이들 미래를 야금야금 갉아먹는 저 어두운 밤을 반역하지 못하고, 그 속에서 불륜만을 꿈꾸다 한없이 추락하는 무서운 밤입니다

하루

늑늑한 작업복
천근 만근
겁나게 짓누르는
시간

저녁 햇살이 꼬리 끌며
크레인 훅크에
비스듬히 걸렸다

무엇이든
들고
내리고
옮기는
지칠 줄 모르는
저 크레인

내, 무거운 하루를
매달고 싶다

우린 똑 같지만
— 비정규직

우린 이름이 다릅니다
우린 작업복이 다릅니다
우린 월급이 다릅니다

그러나
우린 한 공장에 다닙니다
우린 똑 같은 일을 합니다
우린 똑 같이 출근하고 퇴근합니다

그러나
우린 자부심이 없습니다
우린 노조가입도 못합니다
우린 파업도 못합니다

우린 그들과 똑 같지만
똑 같지 않습니다
똑 같지 않지만
똑 같습니다

위로 받고 싶다

살아있는 것들은
다 위로 받고 싶어한다

그리 낯설지 않은
산재병원 영안실,
딱 삼 일간 신세지며
동환이 형은 뭐가 그리 좋은지
동료들 앞에 웃고 있다

아무도 웃지 않는데
활짝 웃는 형의 모습이
오히려 더 슬퍼 보인다

둘이 주고받았던 술잔을
오늘은 내가 한 잔 권하기만 하다
넋 나간 듯 앉아 있는 형수를
애써 외면 한 채,
동환이 형 아이들을

꼭 껴안아 보았지만
정작 아무도 위로하지 못했다

여기저기 둘러앉아
카드를 돌리고 화투를 치며
연신 술잔을 비우는
동료들의 얼굴이
오늘따라 국화처럼 하얗다

제3부

봄

남모르게 살짝 햇살이 왔던 게야. 겨우내 꽉꽉 닫혀진 작업장 창문 너머 목련 한 그루 눈 깜박이며 꽃잎 틔우고 있어. 기계소리에 눌리고 함마 소리에 다져진 공장 울 밑 민들레 한 무더기 어우러져 있어.

몰랐구나, 봄이 잔설밭을 헤집고 온 것을 밤새워 내 어깨 처지는 것만, 내 잠자리 차가운 것만 보듬고 빗장 걸었던 마음 풀 줄 몰랐구나.

길은 그곳에 있지 않았다

사내가 길을 찾아 헤매는 동안
언제나 해는 산을 넘고 있었다

공장 지붕에 해가 떠서
공장 지붕에 어둠이 내려앉아도
사내는 길을 찾아 헤매었다

이십 리를 걸어
초등학교를 다닐 때도
참새 떼처럼 우우 몰려
쫓기듯 도시로 떠나와
철공소에 날개를 접었을 때도
사내는 길을 찾으며
누구보다 먼저 공장 문을 열고
누구보다 늦게 공장 문을 닫았지만
그럴수록 가슴은 비기만 했다

길은 누구에게나 공평하다지만

갈 수 있는 사람
정해져 있다는 걸 알 때까지
사내는 묵묵히 길을 닦았다

길은 그곳에 있지 않았다

우리에겐 바다가 없다

말과 말들이 섞여
어느 것이 참말인지
구별하기 어렵다

낮과 밤의 구별도 없이
흰소리에 아침이 열리자
말 위에 말들이 덮여
너무나 확연히 슬픈
나날

어쩌랴
흰 것은 희고
검은 것은 검다고
말할 수 없는
이 참혹함

가진 것이라곤
겨울 상수리나무 같은

발가벗은 몸뚱이뿐

아래로 아래로 몸을 뉘어
말없이 아침을 맞는 강물처럼
우리에겐 가 닿아야 할
바다가 없다

벽

골목
굽은 벽 사이로
썰물처럼 하루가 지나간다
기억 속에 남아 있는
가난한 이야기 한 토막처럼
별들도 쓸쓸하다

쉴 틈 없는 나날
가슴은 갈수록 구겨져
딱딱한 벽이 된다

— 아무리화려한페인트옷을입혀도
　굽은벽속엔뜨거운피는흐르지못해

야윈 손마디 사이로
긴 한숨이 뚝 뚝
눈물처럼 떨어진다

의령댁

　한 때는 눈 깜박이며 휘휘 던지는 휘파람 소리에 얼굴 붉어지기도 했습니다. 남편 일찍 떠나보내고 잡을 문고리도 없이 참 서러웠습니다. 아이들 머리 커가니 섭섭한 일 더욱 많아지고, 비바람 불면 혼자 파도 앞에 버티는 섬마냥 참 처절해 집니다. 이런 날이던 소주라도 한잔 걸쳐야 긴 밤 넘길 수 있습니다. 달아나기에 바쁜 가을 꼬리 붙들고 애써 보지만 처진 어깨 위로 긴 노을이 겹나게 덮쳐옵니다. 또 겨울인가 봅니다. 길게 엎드린 공장 모퉁이를 돌아가는 저녁 햇살이 서럽습니다.

바람 불지 않는 아침

깎아도 깎아도 보란 듯 자라는
까칠한 턱수염을 만지며

지우고 지워도 따라붙는
선명한 불안의 그림자를 드리운 채
아침 거울 앞에 선
얼굴 하나 열적다

열 겹 스무 겹 밀려드는
삶의 무거움
설 곳을 빼앗긴
깃발 없는 깃대 위에
아슬아슬 흔들리는 하루를
애써 외면하며 대문을 나서는
구두 뒤축이 자꾸 삐걱인다

지난 밤 불면의 흔적을
아는지 모르는지

아침은 또 하루를 깃대 위에 매달고

차라리 엉덩이라도 맞으며
불끈불끈 화라도 낼 수 있다면
하루를 밀고 가는
수레바퀴의 고통쯤은
즐거울 것이다

오늘
바람 불지 않는 아침이
더 불안하다

길 위에서 길을 찾다

길 위에서
길을 찾는다
하루도 방황하지 않은 적 없었다
내 이십대는
단단한 근육이
팽팽한 가슴이 시키는 곳에
길이 있다고 믿었다

진창에 발을 딛고
허우적거린 다음에야
길 아닌 길 위에서
길을 생각하게 되었다
삼십대는 그렇게 시작되었다
언제라도 허물어질 근육
약하게 반응하는 심장소리
밥그릇이 깨질라
불안한 나날

길 위에서
길을 잃은 날
오랜만에 만난 옛 동지의 손이
너무 따뜻하여
나는 불안하다

반성

일없는 날일수록
눈 일찍 뜨이는 것이
불안하기 때문인가 평온하기
때문인가

밤새 퍼마신 술독에서
헤어나지 못하는
타는 속과 패는 뒷골이
나이 탓인가 욕심
탓인가

입술이 터지도록
하루를 경멸했던
지난 밤
나는 무엇을 뱉고 무엇을
삼켰는가

열두 번도 더 끓은

담배와 술
질기게 따라 붙는
자본의 유혹
한 가지도
쉽게 떨쳐 버리지 못하는 것을
또,
어떻게 말해야 하나

맨몸

늦가을 햇살이 당산나무 우듬지에 걸렸다

겨울이다

온 동네 나뭇잎들이 겁먹은 얼굴로 바르르 떨지만 꿋꿋
한 몇 놈은 그대로 겨울을 넘길 모양이다

꽃들은

꽃들은 멋대로 피어도
제 각각 아름답다

어제 피었던 꽃이
오늘 바람에 잎 떨군다

떨어진 잎 시드니
마음 둘 곳 없다

한 번이라도
노동의 깃발 바로 세울 수 있다면
몇 번의 봄이라도
더 기다릴 수 있으리

꽃들은 제 멋대로 피어
하릴없이 지는구나

꿈이나마

겨울 내내
바람에 난 상처자국
훈장처럼 간직한 채
봄을
기다려야 한다는 것을
알고 있는 것이다

나이테가 늘어나는 것만큼
인내해야 할 시간이
많아진다는 것을

연둣빛 새순
파랗게 키울
희망을 보듬고

나무는 또, 사랑하고 싶은 것이다

봄눈 녹듯 사라질지라도

꿈이나마
꾸고 싶은 것이다

입동

　잔디가 노랗게 물든 창원 올림픽공원, 한 사내 발길이 불안하다. 노란 은행잎을 밟는 건지 짓이기는 건지 신경질 가득 하늘을 보았다가는 담배 연기를 뱉고, 고개 숙이고는 담배를 달구는 사내, 그 옆으로 소풍 나온 유치원생들이 가댁질하기에 정신이 없고, 선생은 째 액 쨱 호각만 불다 얼굴이 노래진다. 사내는 흘끔 흘끔 아이들을 보고는 더 깊숙이 고개 숙이고, 듬성듬성 심겨진 벚나무 졸가리 너머 공장 굴뚝에 눈 모았다가는 떼곤 한다. 사내의 발 밑엔 갈수록 은행잎이 노랗다

없다면

목숨만 유지하는 나무들도 봄이 없다면, 지친 하루를 견
뎌내는 저 다리도 늘 딛고 건너는 이들이 없다면, 무거운
짐에 위태위태한 지게도 온 몸으로 받쳐 주는 지겟작대기
가 없다면, 해고 구속 테러의 위협 앞에서 동지들이 없다
면

쓰러졌으리라 똑바로 설 수 없었으리라

돌아가기 혹은 벗어나기

　쌀 한 됫박씩 훔쳐내어 어스름 깔리는 뒷산을 팽하게 넘었던 때가 있었습니다. 수정담배 길게 빨아 콜록거리며 동네 성들 따라 밭 울타리를 쌕쌕거리며 넘었던 적도 있었습니다. 여름이면 입술이 새파랗게 질리도록 물장구치다 못둑에 누워 구름 속에 갇힌 햇님을— 김치국에 밥 말아먹고 어서어서— 나오라고 입맞추어 노래한 적도 있었습니다. 추석이면 긴 머리에 빼딱구두 신은 공장 나가는 동무들이 무지무지 부러워 무작정 따라 나서다 붙들려 온 적도 있었습니다

　앞산 뒷산 연못이
　발 밑에 깔리는 서른여덟
　오늘,
　도시 한복판에 서서

저 새벽별 뚝뚝 떼어

바다를 향해 흐르고 싶은 것이
어찌 강물뿐이랴

하얀 햇살 받아
꽃봉오리 터뜨리고 싶은 것이
어찌 장미뿐이랴

한 점 빛 새벽별 뚝뚝 떼어 짓밟고
저 겨울 산을 넘고 싶다

누군가 콕콕 찌른다

급하게 넘긴 점심밥
소화야 되든 말든
커피 한 잔 담배 한 대 물고
햇볕 잘 드는 잔디밭에
몸을 누인다

　스르르 잠든 몸을
　누군가 콕콕 찌른다

점심시간
밥 먹고 나면 남는 삼십 분
조금이라도 눈 붙이려고
김 형도 송씨도 필사적으로
밥을 넘겼는데

　달콤한 잠을 방해하려는 듯
　누군가 콕콕 찌른다

실눈을 하고 살며시 둘러보아도
여기저기
시체처럼 쓰러져 있는
몸뚱이들 뿐

　따뜻한 봄날 바람 한 점 없는데
　누군가 콕콕 찌른다

창문 하나라도

하루의 노동이
나날이 쌓여 무거운 짐 되었나

한밤중 깨어 바라 본 천장이
왜 그리 무섭게 다가오는지

이런 날이면 긴 꿈 꾸고도
기억나지 않는 아침이 무섭다

한 줌 햇살 들어올
창문 하나라도 있으면

먼 곳에 빛나는
그 별 참 아름답지 않겠는가

제4부

그만큼

두텁게 옷 껴입으면 퍼어런 날 세운 바람이 그 만큼 온
몸을 베고 지나갑니다 코흘리개 아이들 남의 손에 맡겨 놓
고 아내와 난 바람이나 피해볼까 지붕이나 덮어볼까 나날
이 공장에 고삐를 매었습니다 물론 그렇다고 우리들 방바
닥이 크게 달라지는 건 없었습니다 입던 옷이 작아지면 동
생에게 물려주고 오백 원 천 원짜리 옷을 입히고 새 옷이
라 말하는 아내나 고개 끄덕이는 아이나 어깨가 처지는 일
외엔 아무것도 아니었습니다 아이들에게 정말 새 옷 한 벌
입히고 싶습니다 갈수록 누렇게 물들어 가는 살림살이 그
늘에 아이들은 커 가면서 말을 줄일 줄 알게 되었고, 말이
줄어든 만큼 집에 불이 켜지는 시간이 늦어졌습니다 그 만
큼 아이들이 돌아오는 시간은 밀려났으며, 아내는 또 대문
밖에서 서성이는 시간이 늘어났습니다 그 만큼 밤이 짧아
지고 아침은 쉬이 오지 않았습니다 오늘밤도 구름 속에 반
쯤 숨은 달이 앞산 겨울나무 우듬지 에 걸려 가리산지리산
하는 밤입니다

소한

동지 지나 소한이라
참 날씨 한번 맵다

모닥불 앞에 쪼그리고 앉아
매운 연기에 눈 비비며
한숨 쉬는 사내들

며칠째 새벽밥 구겨 넣고
급한 발길로 들어선 공사장
오늘도 헛방이란다
말이 소한이지 대한보다 춥다는
오늘
참 날씨 한번 더럽다

겨울에는 얼어붙어 못하고
여름에는 장맛비에 공치고
이래저래 허탕질에
남편노릇

아비노릇도 못할 판

일당바리 페인트공 이십 년
얼어붙어 일 못한다는 말에
꽁꽁 얼어붙은 좆 마냥
작업복 가방 메고
모닥불 앞에 선
김 형 한숨소리에 세상이 허옇다

어질어질하다

객토동인모임 끝나고
망년회랍시고 우루루 몰려 삼겹살에
한 잔 두 잔 정 주고 정 받고 한 것이
아련하게 기억이 있는 것도 같고

한밤중에
잠든 아들녀석 깨워
공부 잘해라 훈시하고
물 한 사발 들이키고 제풀에 꺾여
쓰러진 기억이 있는 것도 같고

쫓기는 꿈꾸다 깨어난
새벽녘처럼 벌떡 일어나 앉은
나에게
아내는 아침 밥상을 차리며
공장에 나갈 것인지부터 묻는다

꼭 나가라는 것인지

그 몸으로 어떻게 가겠냐는 것인지
아직 꿈속만 같다

집에는 어떻게 들어왔으며
동인들과는 어떻게 헤어졌는지
무슨 실수는 안 했는지
밥 한술 뜨는 둥 마는 둥
주섬주섬 챙겨
현관문을 나서 자꾸 뒤돌아보아도
어질어질 뒷골만 팬다

몰랐네

마음 허하면
날 추운 것보다
몸 더 굳어진다는 것을

손발이 뻑뻑하고
입술이 새파랗게 변해도
따뜻한 마음 한 자락이면
봄눈처럼
스르르 녹고 만다는 것을

굳어진 마음 녹이려
공사장 모닥불에 몸 디밀어 보지만
벌겋게 달아오른 얼굴 걷잡을 수 없어
마음 더욱 굳어 불안해진다는 것을
나는 몰랐네

불안한 얼굴들
불안한 가슴들

불안한 하루 하루들

일없는 오늘
마음 속 불안 알기나 한 듯
처진 어깨 너머
모닥불은
발간 숨을 쌕쌕 몰아쉬며
사그라들고

적금

결혼한 지 십 년이다
아득바득 꾸려온 살림살이
더는 줄일 게 없는 듯한데
아이들 커 가는 걸 보면
그래도 줄여야 한다
몇 달을 벼루고 벼르다
적금 하나 넣기로 결심한 날
지붕 위에 무지개가 핀 듯
마음이 들뜬다

아이들 교육비야 줄일 수 없으니
먹고 입는 것을 줄인다 할지라도
얼마나 줄일 수 있을까
한 달에 한 번이라도 온 식구가 모여
외식을 해 본 기억이 감감하다
간혹 가다 참석하는 동창 모임에도
입고 나설 변변한 옷이 없어
올해도 이런저런 핑계거리를 만든다

파업해서 올린 임금보다
무노동 무임금으로 받지 못한 임금이
올해도 더 많을 것이다

그래도 적금은 넣어야 한다
계산에 계산을 해도 뻔한 월급에서
줄일 수 있는 것은 없는 듯하다
적금 하나 넣기로 결심한 날
이런 저런 계산에
들뜬 마음은 온데간데없다

지붕 위의 무지개를
오늘도 궁리만 하다
놓치고 만다

무지개

작은 공장 다닐 때는
큰 공장에 들어가기만 하면
손에 잡히는 줄 알았다
작은 공장에서나 큰 공장에서나
밤낮없이 기계를 돌려도
더욱 더 작아지는 내 모습을 보면
내가 찾는 무지개 따윈
아예 처음부터
없었는지도 모른다

오늘도 흥건하게 젖은 작업복 위에
소금꽃 핀다
노동의 아름다움을 노래한
시 같은 무지개를
온몸으로 꿈꾸었으나
아직도 찾지를 못했다

공장정문 은행나무 무성한 잎 속에

숨기라도 했다면
잎 떨구는 겨울이면 찾을 수 있겠으나
그리 쉽게 몸을 드러낼 만한 곳에
숨지는 않은 듯하다

이렇게 찾아 헤매어도
찾지 못하는 것을 보면
분명 쌕쌕거리는 공장에는 없는 듯 싶다
헤매고 헤매다 여기까지 오는 동안
그래도 변하지 않은 것이 있다면
무지개 빛 희망을 못내 버리지 않은
마음뿐이다

사랑을 꿈꾸지만

우리의 사랑은 너무나 얕았어. 실뿌리 하나 내릴 끈적한 점액 같은 믿음 하나 없었던 거야. 뜨거운 가슴 같은 나이테 하나라도 바로 세울 수 있었다면, 초여름 날씨에 쉽게 잎 흔들며 옷 벗고 싶다거나, 늦은 가을 쌀쌀함에 잡았던 손쉽게 놓아 발자국만 남기지는 않았을 거야. 달려와 부딪혀 깨어지고 다시 일어서는 파도의 열정 같은 건 우리 사랑엔 처음부터 없었는지 몰라.

돌아보면 민중이 어떻고 하며 아래로 아래로 내려가던 소주잔의 맹세도, 활활 타오르는 장작불의 열정을 간직하자던 운동도, 돌아오지 않는 메아리로 남은 거야. 쉽게 입을 맞춰 참새처럼 전선줄에 줄을 맞추어 앉거나, 뉴스시간 아나운서의 심각한 눈빛 뒤 붉은 머리띠의 한 장면을 그냥 담담하게 보거나, 눈을 감고 서울역 지하도나 대합실 새벽 풍경을 너무나 쉽게 그려내는 당신과 나.

우린 다시 사랑을 꿈꾸지만 쉽게 뜨거워지고 쉽게 식어가는 유행가 같은 사랑을 또 할지도 몰라. 모이기만 하면 내 잘못으로 떠나버린 사랑을 잊지 못해 술자리에서 늘 안주감으로 삼으면서 말이야. 그리고는 또 후회하겠지, 이른 아침 부시시한 눈으로 사랑의 계획서를 짜면서 말이야.

지금

돌아볼 줄 몰랐던
지난 여름은
거침없이 푸르렀다

함성과 열기가 썰물처럼 빠져나간
운동장 같은
가을 산

지난겨울 살아남은 자만이
이 겨울을 다시 견디리라

키 큰 억새대궁들만
바람 속에 서걱 서걱인다

밥

— 2003년 1월 9일

밥이 남아도는 것이다

한 그릇 밥 나누기 위해
어깨 걸었던
우리

내 밥 한 그릇 위해
머리띠도
깃발도
외면해야만 하는
우리

검은 리본 가슴에 달고
만장이 펄럭이는 일터에는
고개 숙이고 일하는
나
깃발 들고 눈에 핏발선
너

아득하여라
참혹하여라

이 기막힌 풍경

설

하늘이 너무 맑아 불안하다

그렇게도 멈추고자 했던 공장은
거짓말 같이 조용하다
공장 지붕 귀퉁이에는
고향 잃은 비둘기 몇 마리
날개 접은 채 우릴 내려다보고 있다
두 눈에 핏발선 사내 몇
소주잔을 돌리며
말없이 화톳불을 지핀다

오늘은 설이다
　배달호열사가 분신한지 한 달이 되어 간다. 몇 번의 협
상과 대대적인 집회 시가행진 신문보도 티브이 방송 서울
본사 항의투쟁 불매운동, 삼천만이 고향을 향해 장사진을
친다는 설날이 되어도 우린 고향을 찾을 수 없다

　설 연휴 내내 간간이 부는 바람에

하얀 소문들이 실려와
시퍼런 칼처럼 번뜩일 때마다
우린 뭍으로 뭍으로 밀려드는 파도처럼
냉동탑차를 중심으로
더 견고한 스크럼을 짠다

우리가 스크럼을 두껍게 만들수록
공장 문은 더욱 견고해졌다
귀성 차량으로 전국의 길이라는 길이
다 막혔다는 뉴스를 들으며
고향에 계신 어머니를 생각한다

호루라기

예년보다 봄이 빠를 거라며
뉴스는 친절하지만
창원 귀곡동
두산중공업 앞바다에는
성난 파도만 철썩입니다

괜스레 마음 잡지 못하고
이리저리 작업장 둘러보다
마음이 다 환해졌습니다
언제 피었을까
공장 처마 밑에 떡하니 자리잡은
민들레 무더기

노란 민들레꽃 보면서
공장생활 십 몇 년인데도
작은 꽃 하나 피워 본적 없는
우리들을 위해
쓸쓸히 호루라기를 불었던

한 사람을 생각합니다

바람 부는 오늘
민들레 홀씨 날릴 때마다
호루라기 소리
들리는 듯합니다

주) 배달호 : 2003년 1월 9일 두산중공업 민주광장에서 분신 사망함.
열사는 항상 호루라기를 불며 조합원들 앞에 섰다고 한다.

기억

　기억이 있다. 되돌아보고픈, 흑백사진 속의 구겨진 추억을 발견할 때도 우린 뒤를 돌아본다. 무슨 거창한 운동이니 조직이니 하는 일들도 결국 사람의 일이라 숨 한 번 크게 쉬고 싶을 뿐, 책장 속의 묵은 사상처럼 그 시대가 지나고 나면 그냥 유물이 될 뿐인 숙명처럼 남아 있는 기억
　기억이 있다. 절벽이나 큰 강물도 거침없이 밀어냈던 파도 같은 기억, 딛는 곳마다 온통 캄캄한 먹구름 같은 기억

　(공장거리들판머리띠구호구사대쇠파이프백골단최루가스분신절규)

　공단하늘 밑 얇은 가슴 짓누르는 찬바람이 유령처럼 목을 조여오는 시간, 또 하루가 시작이다. 가을처럼 화려했던 잊지 못할 기억 한 토막 꼭 쥐고

2002년 겨울 한반도 남쪽

1

미국을 반대한다
시작은 여름이었다 아니
시작은 언제부터였는지 모른다
아무도 입에 올리는 이가 없었다 아니
많은 사람들 입에 담았다가
감옥 가든지 아니면
땅 밟을 자유를 빼앗겼다

이천이년 겨울 한반도 남쪽
거리마다 성탄이라 기쁨 넘치는 도심
미군 만행을 알리는 연설자의 목소리가
겨울바람을 가르며
날카롭게 가슴을 때린다

2

사진 찍기 위해 미국 가지 않겠다는 사람이
대통령에 당선되고
청바지 빠른 음악에 젖어 있던 청년들과
부모 손잡고 따라 온
아이 손에 촛불이 들려 있다
촛불, 자신을 태워 어둠 밝힌다
온몸으로 어둠에 항거한 촛불들
한둘 아니었다

3

효순 미선이 웃는 얼굴 위로
57톤의 미군 궤도차량이 지나간다
6월 햇살에 눈이 부시다
비참하게 너부러진 시체 위로
사람들 무심한 발자국이 지나간다
사진을 설명하는 여학생 얼굴이 어둡다

하지만 더욱 열성적으로
미국의 오만함과 힘없는 나라에 대해
목소리 높인다
온 몸이 전율에 휩싸이고
눈물 주르르 흐른다

4

한해가 저무는 종소리와 함께
한 무리 아이들 촛불 들고
시위대 속으로 사라진다

아직도 사랑을 꿈꾸다니

이응인(시인)

겁 없이 맑은 영혼을 가진 사람

표성배 시인. 여러 해 동안 문학이란 이름으로 그와 만나 이야기도 나누고, 술도 한잔 하고, 일도 함께 했다. 만날 때마다 '천성이 참 맑은 사람이구나' 하는 생각을 떨칠 수 없었다. 만나면 반가워 어쩔 줄 모르고, 사람들과 잘 어울리며 궂은 일마다 않는 사람. 제 실속 챙기지 않고 남을 배려할 줄 아는 사람. 남의 말 잘 들어주는 사람. 그러면서도 어영부영 넘어 가는 게 아니라, 제 생각 하나는 올곧게 벼리고 벼려 속에 간직한 사람. 그래서 나는 표성배 시인을 '무조건' 좋아한다. 어디가서 이런 사람을 또 만날 것인가? 그렇지만 조심하라. 수준안 되는 덜떨어진 것들의 객기는 웃어넘기지만, 입만 살아 시

건방진 것들은 꼭 버릇을 고치고 마는 사람이다. 그래, 표성
배는 '겁 없이 맑은' 영혼을 가진 사나이다.
곁다리를 달자면, 그나 나나 산골에서 나고 자란 촌놈이다.
'못난 놈들은 서로 얼굴만 봐도 흥겹다'는 그런 촌놈이다. 설
명 필요 없이 그저 마주하면 통하는 게 있다. 촌놈이 도회지
나와 속이 바뀌면 그때부턴 만나도 재미가 없다. 반가운 게
아니라 맛이 떨어지고 정이 떨어진다. 그와 나는 이처럼 같은
지점에서 출발해서 아직은 상한 냄새 풍기지 않고 반가이 만
나고 있다.

창원대로를 달리다 보면
쌩쌩 스쳐가는 차 소리 대신
쿵쿵거리는
기계 소리가 들린다

평생 막일에
굽은 등이 안쓰러운
아버지가 보이고

마산수출지역
고무신 공장에서
어느 날,
고무신처럼 천대받아 쫓겨난
누이 생각이 나고

함께 놀 친구가 없어

동생과 모래집을 짓다 허물었다 하는
내 아이들이 생각난다

창원대로를 달리다 보면
자동화 기계에 밀리고 밀려
어느 날,
수동 기계처럼
흔적도 없이 사라질 것 같은
내가 보인다

—「창원대로를 달리다 보면」 전문

이 시를 읽으면서 이건 바로 내 이야기라는 생각이 든다. 내 아버지, 어머니의 이야기이고, 우리 동네 형님과 누나 이야기이자, 지금도 잊지 못하는 내 초등학교 친구들 이야기이기도 하다. 이 시에 나타난 그의 가족사는 우리 세대 촌놈들의 공통된 기록인 셈이다. 내가 표성배 시인을 더욱 좋아하는 또 하나의 이유가 인용된 시에 잘 나와 있다. 보다시피 그는 노동자이다. 그래서 시원하게 뚫린 창원대로를 달리는 그의 귀에는 '쌩쌩 스쳐가는 차 소리 대신 / 쿵쿵거리는 / 기계 소리가' 들리는 것이다.

그 소리를 통해 평생 막일에 등이 굽은 아버지와 고무신 공장에서 쫓겨난 누이를 생각한다. 아버지에서 나와 누이로 이어지는 노동의 대물림은 자꾸만 '내 아이들'을 생각나게 한다. 창원대로는 대물림되는 가난과 불평등, 노동의 소외를 악몽

처럼 떠올리게 하는 길이다. 그 속에서 '수동 기계처럼 / 흔적
도 없이 사라질 것 같은' 나의 불안은 내 아이들의 미래에까
지 이어진다. 노동자의 눈으로 보면 이렇듯 안 보이던 것이
절절하게 보이는 법이다. 그래서 나는 그를 더 좋아한다.

고개 돌리지 못하는 저 선한 눈

그가 가진 이런 좋은 자질들은 그의 시에서 고스란히 되살아
나고 있다. 표성배 시의 가장 큰 장점은 노동 현실을 바라보
는 정직한 눈에 있다. 이러한 장점은 노동자로서 자신의 삶에
대한 애정 없이는 불가능하다.

> 화단 모퉁이 늙은 감나무가
> 안쓰러워 보이는 것도
> 공장에서였다
> 초롱초롱한 별도
> 새벽녘이면
> 나처럼 힘들어한다는 것을
> 밤샘 일을 하면서 알았다
>
> —「공장」의 일부

'공장과 함께 키가 자랐고 / 공장과 함께 사랑도 익었다' 고 고
백할 수 있는 사람만이 건강한 노동의 시를 쓸 수 있으리라.

이러한 고백은 그가 노동을 온몸으로 껴안고 살아왔다는 점을 단적으로 말해주는 증표이다. 한 마디로 그는 공장과 연애를 한 것이다. 나는 자신의 노동과 삶터를 이렇게 사랑하는 사람을 존경한다.

그의 눈에는 '화단 모퉁이의 늙은 감나무'도 그냥 보이지 않을 것이다. 그 늙은 감나무를 통해 쓰러져가는 고향집을 보았는지도 모른다. 사립문에서 자식들을 기다리는 어머니의 모습을 보았는지도 모른다. 아니 도회지 좁은 골목길을 서성이는 아버지의 모습이 떠올랐는지도 모른다. 이 한 그루의 '늙은 감나무'야말로 도시화로 점점 위태로워지는 온 생명들과 우리들의 힘겨운 도시 생활을 상징하는 것으로 보인다. 그의 시에 무수히 등장하는 다른 나무들과 함께 말이다.

'밤샘 일을' 하지 않은 사람은 '초롱초롱한 별도 / 새벽녘이면 / 나처럼 힘들어한다'는 것을 알 수가 없다. 이처럼 노동자로서 자신의 삶을 온전히 사랑하는 사람만이 가질 수 있는 선한 눈이 그의 시를 끌어가는 힘이다.

　　늦가을 햇살이 당산나무 우듬지에 걸렸다

　　겨울이다

　　온 동네 나뭇잎들이 겁먹은 얼굴로 바르르 떨지만 꿋꿋한 몇
놈은 그대로 겨울을 넘길 모양이다

—「맨몸」 전문

'늦가을 햇살이'니 쬐끔밖에 안 남았다. 그것도 이내 없어지고 말 것이다. 곧 겨울이다. 다들 '겁먹은 얼굴로' 몸을 웅크리고, 뿔뿔이 흩어져 버린다. 그렇지만 마지막 남은 햇살의 기억을 간직한 '몇 놈은 그대로 겨울을 넘길' 것이다. 어쩌면 그 겨울에 살아남은 마지막 온기일 것이다. 우리의 힘겨운 노동 현실을 우의적으로 표현한 이 시는 노동자로서의 꿋꿋하고 우직한 힘을 은연히 보여주고 있다. 이처럼 그의 시에는 일하는 자의 흔들리지 않는 힘이 있다.

노동의 불안하고도 긴 그림자

노동에 대한 사랑과 일하는 자로서의 흔들리지 않은 힘을 가지고 있다고 해서 그의 나날이 그리 녹록한 것은 아니다. 비정규직 노동자들의 증가와 이에 따르는 불안, 항시 따라 다니는 퇴출 위협, 노동자의 경제·사회·문화적 소외감, 나날의 피곤한 노동과 언제 닥쳐올지 모르는 사고의 위험이 항상 그를 짓누르고 있다. 이번 시집을 읽다 보면 이처럼 불안한 노동 현장의 모습을 곳곳에서 만날 수 있다.

몇 해 전 파업 끝나고 공장을 떠났던 정우 형이 비정규직이 되어 돌아오듯, 똑 같은 일을 하고도 작업복이 다르고 월급이 다른 차별이 일상화되어 다가온다('정우 형', '우린 똑 같지만'). 일감이 줄고 부서가 통폐합되고, 망치 소리 기계 소리가 멎은 공장의 정적은 우리를 불안하게 한다('토끼풀', '이 한 낮의 고요', '공장이 낯설다'). '불을 끄기만 하면 달려드는 모기떼처럼 내 아이들의 미래를 야금야금 갉아먹는 저 어두운 밤'('퇴출시대')이 가져오는 불안과 공포가 노동자를 더욱 힘들게 한다. '공장'이라는 상표가 '내가 누구인지를' '증명해' 주고, 가치 평가를 하는 ―'계급의 선을 명확히 그어주는' ― 소외를 그는 직접 겪고 있다('상표'). 무엇이든 들고 내리는 저 크레인에다 '내, 무거운 하루를 / 매달고 싶다'는 고백('하루')이나, '얼마나 고된 하루였으면 / 저리도 앉기 무섭게 눈감고 마는가'('저녁햇살')라는 구절은 피곤하고 힘든 노동의 그림자들이다. '빨리빨리'와 '씨발'을 가장 먼저 익히게 되는 외국인 노동자들의 삶('이곳에선')은 우리를 한없이 부끄럽게 만든다.

길 위에서 길을 물어

노동자로서의 일상이 주는 불안과 역경에 마주선 그의 모습은 시 속에서 긴장과 대립의 구조로 나타난다. 꿈과 현실, 밝음과 어두운 그림자, 오늘과 내일, 변하지 않는 것과 변하는 것들의 대립 구조를 그의 시 곳곳에서 마주치게 된다.

노을이 덮쳐올 때, '길게 엎드린 공장 모퉁이를 돌아가는 저

녁 햇살'의 서러운 모습('의령댁') 속에서 보이는 밝음과 어둠
의 대비. 뜨거운 피와 딱딱하게 굳어가는 벽('벽'), 밝은 햇살
과 어두운 겨울산('저 새벽별 뚝뚝 떼어'), 적금의 꿈과 대책
없는 현실('적금')의 거리, 공장 생활과 노란 민들레꽃('호루
라기')의 대비가 그런 예들이다. 그의 시 곳곳에서 드러나는
이러한 대립 구조는 그가 그만큼 무거운 삶의 긴장을 놓치지
않고 산다는 반증이다.

　　남모르게 살짝 햇살이 왔던 게야. 겨우내 꽉꽉 닫혀진 작업장
창문 너머 목련 한 그루 눈 깜박이며 꽃잎 틔우고 있어. 기계소리
에 눌리고 함마 소리에 다져진 공장 울 밑 민들레 한 무더기 어우
러져 있어.
　　몰랐구나, 봄이 잔설밭을 헤집고 온 것을 밤새워 내 어깨 처지
는 것만, 내 잠자리 차가운 것만 보듬고 빗장 걸었던 마음 풀 줄 몰
랐구나.

－「봄」 전문

그의 마음에 걸린 빗장은 이미 풀려 있었던 거다. 삶의 긴장
과 고통 속에서 봄을 기다리는 마음이 가득 차 있었던 거다.
그래서 '남모르게 살짝 햇살이' 온 것을 알아채 버렸다. '공
장 울 밑'에까지 봄이 왔다는 것을 눈치챈 것이다. 그러면서
도 그는 '내 어깨 처지는 것만, 내 잠자리 차가운 것만 보듬고
빗장을 걸었던' 자신을 반성하고 있다.
이 시집에 자주 등장하는 나무와 꽃은 촌놈 표성배를 대신하

는 생명들이다. '공장 울 밑 민들레 한 무더기'는 그의 원초적인 고향의 유년 체험에서부터 체화된 생명에너지가 자연스레 돋아난 것으로 보인다. 도시와 공장의 비생명적인 생활 속에서 자신도 모르게 눈과 코와 귀가 나무와 꽃으로 기울었을 것이라 짐작된다.

'통근버스에서 내려 넘어질 듯, 넘어질 듯 위태로운 모습으로 신호등 앞에 멈추어 선, 작업복 입은 한 사내'의 어깨를 받쳐준 것은 한 그루 은행나무이다('은행나무'). '기계가 서고, 공장 정문이 닫'힐 때, '공장 울을 따라 심어 놓은 나무들이 일제히 몸을 흔들'고 있는 모습을 그는 보았다('나무가 흔들리는 것은'). '공장 축대 아래 / 웅크리고 있는 / 선인장'의 모습('선인장')은 바로 시인의 모습과 동격이다. 봄날 잔디밭에 앉아 있는 '용접공 제관공 그라인드공 페인트공'의 '똥구녕'을 간질이는 것들('봄날에')도 바로 이런 생명들이다.

참 잘 왔다

표성배 시인이 가진 이런 생명에너지는 '진창에 발을 딛고 / 허우적거린 다음에야 / 길 아닌 길 위에서 / 길을 생각하게'('길 위에서 길을 찾다') 하는 힘이 된다. 아직은 그의 시가 물 흐르듯 흐르지 못하고 도나고 튀는 구석이 많지만, 어찌 시인만을 탓할 수 있겠는가? 노동자들의 삶이 벼랑 끝으로 치닫는

이 시대에게 많은 책임을 물어야 할 것이다. '저 겨울산 너머'
에서 새로이 시작될 그의 시를 기다린다.

> 간혹 하늘 모르고 치솟은 절벽이나
> 낭떠러지를 만나 고개 떨구고
> 아슬아슬 얼음판을 걸었지만
> 이 길 참 잘 왔다 싶다
>
> (생략)
>
> 이 길,
> 노동자의 길

―「잘 왔다 싶다」에서

　앞만 보고 달리느라 짐작도 못했다.

부족한 것이 노력만이 아니라는 것을, 길을 나서서는 지는 해만 걱정했지 정작, 밤 내내 견뎌야 하는 외로움 같은 것은 생각도 못했다.

늦었지만 꼭, 누가 말해주지 않아도 내 몸 구석구석 박혀 툭툭 불거지는 투박한 목소리부터 낮추어야겠다. 가만히 다가와 옆자리에 앉는 햇살처럼, 내 눈에 오롯이 머물어 이 길 옳다 일러주는 살아있는 것들 앞에서부터 좀더 작아져야겠다.

　공장 처마 밑에 터를 잡은 비둘기 부부나, 누구 보다 먼저 봄을 전해주는 공장 화단 식구들, 쌕쌕거리며 돌아가는 기계나, 기계 앞을 떠나지 못하는 어깨가 쳐진 동료들 앞에서 더 목소리를 낮추고 더 작아져야겠다.

　이른 아침 내내 소문만 무성 하드니 정작 봄은 올 생각도 없는 모양이다. 그래도 고마울 따름이다 모든 것이.

2004년 이른 봄날 표성배

마이노리티시선 20

저 겨울산 너머에는

지은이 표성배
펴낸이 조정환, 장민성
책임운영 신은주 편집부 이택진 마케팅 오주형

펴낸곳 도서출판 갈무리 등록일 1994. 3. 3. 등록번호 제17-0161호
초판인쇄 2004년 4월 15일 초판발행 2004년 5월 15일

주소 서울 마포구 서교동 467-1호 파빌리온 오피스텔 304호 (121-842)
전화 02-325-1485 팩스 02-325-1407
website http://galmuri.co.kr   e-mail galmuri@galmuri.co.kr

ISBN 89-86114-66-6 / 89-86114-26-7 (세트) 04810
값 6,000원

★ 잘못 만들어진 책은 바꾸어 드립니다.

이 시집은 경상남도 문예진흥기금 일부를 지원받아 출간되었습니다.